To :

From :

戀愛日本古語

作者　小山薰堂
譯者　方詠萱

戀愛日本古語

作　　者　小山薰堂
譯　　者　方詠萱
企畫選書　謝宜英
責任編輯　舒雅心
責任行銷　張芝瑜
校　　對　李鳳珠、舒雅心、謝宜英
美術編輯　謝宜欣
版型／封面設計　江宜蔚

總 編 輯　謝宜英
社　　長　陳穎青
出 版 者　貓頭鷹出版／貓頭鷹知識網 http://www.owls.tw
發 行 人　涂玉雲
發　　行　英屬蓋曼群島商家庭傳媒股份有限公司城邦分公司
104台北市民生東路二段141號2樓
郵撥帳號　19863813／戶名　書虫股份有限公司
城邦讀書花園
www.cite.com.tw
香港發行所　城邦（香港）出版集團／電話：852-25086231／傳真：852-25789337
馬新發行所　城邦（馬新）出版集團／電話：603-90563833／傳真：603-90562833
印 製 廠　成陽印刷股份有限公司
初　　版　2011年10月
定　　價　新台幣250元／港幣84元
ISBN　978-986-262-049-6

恋する日本語
KOI SURU NIHONGO
By KOYAMA Kundo

作者簡介

小山薰堂　Koyama Kundo

一九六四年生於熊本縣。日本大學藝術學院畢業，活躍於電視、電影界，堪稱日本文創鬼才，企畫出許多知名電視節目，代表作有「料理鐵人」、「世界遺產」等。目前工作有小說、專欄作家、編劇、電台主持人、企業品牌顧問、歌曲作詞等等。首部電影編劇作品《送行者：禮儀師的樂章》就獲得讀賣文學獎的戲曲、劇本獎，並榮獲第八十一屆奧斯卡金像獎最佳外語片。2011日本強震後，與演員渡邊謙合力架設網站「kizuna311」，並以朗讀文學家宮澤賢治的詩「不輸給風雨」安撫震後人心。著作多元豐富，有《「太可惜了！」，創意這樣想就對了》、《創意不是用ㄍㄧㄥ的》、《一食入魂》等等。

譯者簡介

方詠萱

臺灣大學社會工作系畢，喜好日本動漫電玩，自修通過日文一級檢定。

目前致力於翻譯。

【推薦序】

與日本語談戀愛

多久沒有讀過這麼優雅，這麼漂亮的日文書。

可能是因為最近比較常接觸中文書，且不太會閱讀日本古文的緣故，這本《戀愛日本古語》讓我重新發現高雅、意義深遠、清新的日文。

我覺得現代的社會，不管溝通方式、生活樣式或人際關係等，雖會給人很多的選擇與空間，但一方面卻把這個社會變得很複雜、讓人猜不透很多事情。但本書裡的每一篇、每一句都很簡單，且讓人覺得很溫馨。

裡面最喜歡的一篇是：「涵養／滋養」。每天的小小進步、關懷身邊的親人等等都是很容易被遺忘的事，但累積下來的這些事情會帶給你美妙的生活旋律，這本《戀愛日本古語》也是愈讀愈有難以形容的趣味。

如果你現在想跟你喜歡的人告白或求婚，請不要著急！先看這本書，然後再好好想一想吧。最讓人感動的不是多奢華的安排，而是你打從心底的誠意。

田中千繪

【作者序】

我喜歡「咀嚼」。

小時候母親經常對我說這個字。

「米飯要細細咀嚼再吞，飯的甜味會愈嚼愈香喔。」從此以後，我相信無論應用在任何方面，為了得到專屬於自己的獨特體驗，「咀嚼」更有其必要。

這本書也是，需要細細「咀嚼」。

如果只是快速翻完，可能覺得這不過是一本清淡的超短篇小品。

但反覆嚼他數遍，字裡行間的餘韻肯定愈嚼愈香。如果再加上您自身戀愛經驗的這一味香料，我相信絕對會成為更加美味的饗宴。

為了讓這本書的風味更加豐富，請參考以下順序來閱讀。

一、仔細品嚐一下每篇標題。首先，請從各式各樣的角度，想像這些不常見的日文詞彙意義。

二、閱讀本文（超短篇小品）。請盡可能放慢腳步，花點時間閱讀，同時一面在腦中描繪那個故事畫面。

三、翻動書頁，了解標題的意義。您應該可以發現篇名意義與故事的密切關連，並且感受到日文的優雅氣息。

通勤途中想嘆口氣的時候，偶爾寂寞掠上心頭的時候，希望打起精神準備迎接週末的時候，還有期盼開啟一段新戀情的時候……敬請打開這本書，好好咀嚼其中文字。因為閱讀這本書，也是攝取心靈的維他命。

2009 年春天　小山薰堂

目次

もくじ

推薦序　與日本語談戀愛……6
作者序　我喜歡「咀嚼」。……8

あえか／飄零……17
涵養／滋養……21
紐帯／關係……25
気宇／氣度……29
転た／瞌睡……33
相生／與子偕老……37
如意／如意……41
赤心／真心……45

浹洽／融化 49
玉響／須臾 53
泥む／桎梏 57
僥倖／僥倖 61
偶さか／偶然 65
那由他／那由他 69
夕轟／黃昏戀情 73
終夜／徹夜 77
一曲／彆扭 81
時雨心地／泫然欲泣 85
恋水／情淚 89

焰／焰 93
恋風／凄風 97
刹那／刹那 101
客愁／客寓情思 105
洒洒落落／瀟瀟灑灑 109
忘れ種／忘憂草 113
滝枕／淚枕 117
喃喃／喃喃 121
心掟／固執 125
番い／絕配 129
邂逅／偶遇 133

阿伽陀／萬靈丹 137
搖蕩う／心旌搖蕩 141
垂り雪／落雪 145
帰趨／歸宿 149
遠近／今昔 153
後記 157
參考文獻 159

あえか／飄零

古い本棚を整理していたら、
昔の彼に借りた写真集が出てきた。

表紙を開くと、二人で見つけた
葡萄の葉っぱがひらりと落ちた。

消えかけた思い出をかろうじて
記憶していた薄茶色の葉っぱ……。

そらっと拾い上げようとしたら、
掌の上で静かに崩れた。

思い出に、さよならをした気がした。

整理久未碰的書櫃，
昔日跟戀人借的攝影集突然掉出來。

翻開封面，一片葡萄葉飄然落下，
那是兩人一起找到的。

終於想起那段幾乎快要消失的記憶，
那片淡茶色的葉子……

輕輕拾起，
它在掌心靜靜碎裂。
彷彿終於和回憶道別。

【あえか】形容凋零、衰敗殞落，隨風而逝。

涵養 かんよう ／ 滋養

一度に持ちきれないほどの
花束をくれる人よりも、
一本の花を毎日くれる人のほうがいい。
恋は積み重ねたほうが頑丈だから。

與其一口氣送我一把抱不住的花束，
不如每天送我一枝花吧。
戀情要點滴灌溉才會穩固。

【涵養】如水慢慢滲透，一點一滴灌溉培育。

紐帯 ちゅうたい／關係

図書館で借りた本に
歯医者の診察券がはさまっていた。

きっと前に借りた人が、
栞代わりに使っていたのだろう。
診察券の住所に、私は返送してあげた。

そうやって始まった文通から5年……
明日、私たちは結婚する。

披露宴会場は、あの図書館……。

向圖書館借的書裡，
夾了一張牙科約診卡。

八成是上一位借書人拿來代替書籤的吧。
我按著約診卡上面的地址送回去。

如此開始書信往來五年……
明天，我們要結婚了。
婚宴會場就在那座圖書館……。

【紐帯】連結人與人之間的重要角色。

気宇（きう）／氣度

デートの朝に寝坊した。
慌ててシャワーを浴びて、
慌ててお化粧をして、
慌てて電車に飛び乗った。

マズイ！1時間の遅刻……。

そのとき、
携帯電話に彼からメールが届いた。

「只今、キャンペーン期間中！
1時間まで無料で待ちます！
遅刻するなら、是非この機会に！」

約會的早晨睡過頭了。
匆匆忙忙沖好澡，
慌慌張張化好妝，
跌跌撞撞衝進電車。

糟糕！遲到一小時……。

此時，手機響起，是他的簡訊。

「現在開始，跳樓大拍賣！
等候一個鐘頭，免費！
要遲到，務必把握這次機會！」

【気宇】形容心胸寬大。

転た（うたた）／瞌睡

日曜日の午後、彼と公園に出かけた。

ベンチでうた寝をしている
オジサンを見て、彼が突然言った。
「うたた寝の〝うたた〟って何だろう？」

〝うたた〟の意味が
どうしても知りたくなった私たちは、
公園デートを中止して、
本屋さんに駆け込んだ。

日常の何でもない時間を
楽しくしてくれる彼を、
私はますます好きになった。

星期日下午，和他到公園散步。

看到長椅上打瞌睡的老伯，他突然說：
「瞌睡的『瞌』，到底什麼意思呀？」

忍不住強烈好奇「瞌」的解釋，
我們立刻中止公園約會，衝進書店。

沒什麼了不起的日常小事，都能樂在其中。
我真的好喜歡好喜歡這樣的他。

【転た】為日文古字，形容愈來愈……或非常……。轉意為不知不覺。

相生あいおい／與子偕老

今日、僕はこれから
このテーブルでプロポーズする。
もし、彼女が
「うん！」と言ってくれたなら……
今日の日付のこのテーブルを、
60年分予約しようと思う。
二人の一生分の記念日を
お祝いするために。

今天，我打算在這張桌子向她求婚。

如果，她對我說：「YES！」……

我打算把這張桌子未來六十年的這一天都預定下來。

慶祝兩人這一輩子的紀念日。

【相生】形容夫妻攜手偕老。

如意

にょい

╱

如意

学生時代から憧れつづけてきた先輩の
バースデーパーティに呼ばれた。

最近、料理に凝っている、
という噂を聞きつけた私は、
奮発してパスタマシーンを
プレゼントした。

1週間後……彼から
パスタパーティの招待状が届いた。

作戦成功！

受邀參加學生時代就仰慕的學長的生日派對。

我聽說學長最近相當熱中於做菜，
就豁出去，送他一台義大利麵製麵機。

一週後……
收到他的義大利麵派對邀請函。

戰略成功！

【如意】事情如預期中進行。

赤心 せきしん／真心

同窓会で、
昔のボーイフレンドと再会した。

帰る方向が一緒だったので、
タクシーでうちの前まで送ってもらった。
でも、着いたところで……
今の彼と偶然、はちあわせ。

彼は「今のは誰？」と
私に尋ねることもなく、
ただ、「おかえり」と笑顔で迎えてくれた。

私は彼の、そんなところが大好きだ。

同學會上，
和前男友再次相會。

由於回家方向相同，
兩人共乘一輛計程車，讓他送回家。
抵達時，碰巧與現任男友打了個照面。

男友一句也沒問：
「剛才那是誰？」
只是笑著迎上：「妳回來啦。」

我就愛他這一點。

【赤心】不虛偽。
對人打從心底信任，毫無懷疑。

浹洽 しょうこう／融化

デートの途中、彼と喧嘩になった。

こういうとき、私は
無茶なわがままを言うことにしている。

「ねぇ、疲れたから、おんぶして」

すると彼は、周囲に誰もいないことを
確認してから、私をおぶってくれた。

私たちは、この坂に
〝おんぶ坂〟という名前をつけた。

約會途中，我和他吵了一架。

這種情況，
我總會故意提出為難人的任性要求。

「喂！我累了，背我走。」

他確認四下無人後，
將我背了起來。

後來，我們將那個坡道命名為
「愛的背背坡」。

【浹洽】一步一步地增進了解，擴及全部。
兩顆心屏除芥蒂，相互靠近。

玉響 たまゆら／須臾

南イタリアの、海に面した
小さな町へ一人で旅に出た。

道に迷って困っていると、
一人の男の子が私に声をかけてきた。

彼は得意げな顔で、
細い路地裏の坂道を下り、
町の大道りまで私を案内してくれた。

そのお礼に、小さなボーイフレンドと
ちょっぴりデート。

心の傷が少しだけ、癒えた。

在義大利南邊的靠海小鎮，
我獨自一人旅行著。

正當我迷路不知如何是好，
一個小男孩出聲招呼我。

他一臉得意，
帶領我步下羊腸巷弄的坡道，
回到鎮上大街。

我答應這位小情人一次小小的約會，
作為回報。

內心傷痛彷彿平復了些。

【玉響】極為短暫的時光。

泥む なずむ／桎梏

月に一度、
私を食事に誘ってくれる人がいる。

出かけるたびに、
恋が始まる予感はするけど、

結局、いつも、
彼はいい人で終わってしまう。

不器用な彼との〝泥む恋〟は、
しばらく続きそうだ。

我有一位固定每月會相約吃飯一次的對象。

雖然每次出發前，
都有一種即將展開戀情的預感，

但每次約會結束，
對他的感覺總是停在「好人」階段。

和遲鈍的他這段「泥沼之戀」，
看來還會持續一陣子吧。

【泥む】窒礙難行，無法順利開展的樣子。

僥倖
ぎょうこう
／
僥倖

新しいハイヒールを履いて
買い物に出かけたら、
突然、雨が降り出した。

ひとりで、雨宿り。
最悪の日曜日。

しょんぼりしていると、
目の前で車が止まり、私を呼ぶ声がした。
それは、前からちょっと気になっていた
会社の先輩だった。

「どこかまで、乗っけてってあげようか？」

穿上新買的高跟鞋出門購物，
竟然忽地下起雨來。

一個人濕淋淋躲雨，
真是糟透的星期天。

正當我沮喪不已，
眼前有輛車停住，出聲喚我。
那是之前就有點好感的公司前輩。

「去哪？我載妳一程吧？」

【僥倖】幸福無預警地降臨。突來的幸運。

偶さか

たまさか／偶然

仕事帰りの満員電車の中……
外をぼうっと見ていたら、
反対側のホームに昔の彼を見つけた。
彼も私に気がついて、
小さく手を振ってくれた。
なんだか少し、元気が出た。

下班回家途中，在擁擠的電車上，
茫然瞪著窗外……
發現舊日情人就站在對面月台。
他似乎同樣感應到我的視線，
向我輕輕揮手。
莫名地，稍稍恢復了一點精神。

【偶さか】偶然，碰巧。

那由他

なゆた／那由他

私はいつもデートの最後に、
彼に同じ質問をする。

「どれくらい好き?」

すると彼は、いつも決まって、
「ナユタさ」
と答えてくれる。

ナユタ……それは、私を元気にする呪文。

我總是在約會結束前，
問他同樣的問題。

「你有多喜歡我？」

而他永遠一副標準回答：
「那由他！」

那由他……那是我精神飽滿的魔法咒語。

【那由他】古印度計數的單位，10的72次方。意指極為巨大的數字。

夕轟
ゆうとどろき

／

黃昏戀情

コンビニの店員に恋をした。

学生の彼がレジに立つのは、
夜7時以降と決まっている。

私は会社帰りに必ず、
そのコンビニに立ち寄るようになった。

雑誌、お菓子、飲み物、おにぎり……。
退社時間が迫ってくると、
今日は何を買おうか……
ドキドキしながら考える。

今日も夜が待ち遠しい。

我愛上便利商店的店員了。

還是學生的他，
晚間七點以後固定站櫃收銀。

我從公司下班回來，
總會到那間便利商店逛逛。

雜誌、零食、飲料、飯糰……。
接近下班，忍不住心兒怦怦跳，
盤算著：「今天買什麼好呢？」

晚上怎麼還不快點來呀。

【夕轟】類似單戀般的心情，愈近黃昏，胸口愈發小鹿亂撞。

終夜よすがら／徹夜

彼がうちに泊まりに来た夜、
些細なことで喧嘩になった。

お互いの怒りの炎は、
ボヤから始まった大火事のように、
手がつけられないほどに燃え広がっていく。

結局、朝方まで口論を続け、
疲れ果てた私たちは、
モーニングサービスが始まった
デニーズに向かった。

無事、鎮火……。

他來我家留宿的晚上，
兩人為了一點雞毛蒜皮的小事大吵一架。

彼此的怒火，從小火開始蔓延成大火，
延燒到幾乎無可收拾的地步。

結果兩人持續爭論到早上，
累壞的我們，
決定先去Denny's餐廳吃早餐。

這場火就此平安熄滅……。

【終夜】整晚，徹夜通宵。

一曲 ひとくねり／彆扭

昨日、久しぶりに髪を切った。
私的には大冒険だったのに、
彼はちっとも気づいてくれない。

それらしいサインを送るため、
髪の毛を触っていると、
彼は私にこう言った。

「寝癖なら、心配ないよ」

さて、今夜は何をご馳走してもらおう……。

昨天，剪了一下許久沒變化的髮型。

對我來說是場大冒險，
他卻毫無察覺。

我送出一點點暗示，
故意摸了摸頭髮，
他卻對我這麼說：

「擔心頭髮睡翹了嗎？安啦！」

嗯哼！今晚拗你請我吃什麼好呢……。

【一曲】鬧小彆扭、耍孩子脾氣。

時雨心地

しぐれごこち

／泫然欲泣

月に一度、私と彼は、
東京駅のホームで離れ離れになる。

西へ帰っていく彼は、
新幹線に乗り込む直前、
必ず面白くもないギャグを言う。

私たちは無理して笑って、
閉まる扉にさよならをする。

私は泣かない。
彼の新幹線が見えなくなるまで……。

每月一次，我和他在東京車站月台上
臨別依依，不捨離去。

要回去關西的他，
在跳上新幹線的前一刻，
總會說些不好笑的笑話。

我們就這樣勉強擠出笑容，
隔著閉上的車門互道再見。

我不會哭的。
直到他的列車消失在視線之前……。

【時雨心地】降雨前烏雲密布的天空，轉意為泫然欲泣的心情。

恋水 こいみず／情淚

私は今、
いつものカフェで彼を待っている。
別れ話をするために……。

「絶対に泣くもんか」
と思っていたけど、

彼の車が見えた途端、
涙がこみあげてきた。

悔しいけれど、
いっぱい泣いちゃいそうだ。

此刻我在老地方的咖啡店等他到來，
今天是為了談分手。

雖然心想：
「我才不哭咧！」
但他的車才剛映入眼中，
忍不住就眼眶含淚。
真是超不甘心，
看來會哭得很慘啊。

【恋水】因愛戀而流的眼淚。

焰 ほむら／焰

「いけない！」
と思いながらも、彼の携帯メールを見た。
彼が最も頻繁にやりとりをしている相手は、
私の親友だった。

頭にカッと血が上り、
彼の送ったメールを見たら……
私のサプライズバースデーパーティの
打ち合わせだった。

……ごめんなさい。

內心吶喊：「不行這樣！」
仍然忍不住偷看了他的手機簡訊。

他往來最頻繁的對象，
竟是我最好的朋友！

我氣得熱血直衝腦門，
仔細一看他發的簡訊，
原來是討論我的生日驚喜派對。

……對不起哪。

【焰】心中燃燒的激情好似火焰。

恋風 こいかぜ ／ 淒風

私は最近、嘘をつくようになった。

「苺を貰ったからジャムを作ったの」

と言っては、彼にジャムを届ける。

けど結局は、彼にうまく渡せなくて、

自分で食べることになる。

さて、次はどんな嘘をつこう?

我最近變得很常說謊。

如果我說「收到很多草莓，所以順手做了果醬」，那他就會收下吧。

雖然最後未能順利交到他手上，只好自己吃掉。

嗯～，下次用什麼理由好呢？

【恋風】悲戚的單戀心情有如秋風吹在身上。

剎那せつな／剎那

私は仕事の愚痴を言うために、
同僚の男友達を飲みに誘った。

彼は、私を優しく
慰めてくれるかと思ったら……

逆に「甘えるな！」とこっぴどく叱られた。

その瞬間、この人いいかも……と思った。

為了抱怨工作不順心，
我邀了只是普通朋友的男同事去喝酒。

原以為他會溫柔地安慰我……
沒想到反被他狠狠地教訓：
「少在那撒嬌！」

那一瞬間，我突然覺得：「這人或許不錯……。」

【剎那】意念發生的瞬間，形容極為短暫的時間。

客愁 かくしゅう／客寓情思

嫌なことがあったら、私はすぐに旅に出る。

遠くに行かずに、
近くのホテルに一泊二日の旅に出る。

そして、
日常をちょぴっと上から覗き込んで、
自分自身に手紙を書く。

すると、ほら……少し、楽になる。

一遇到不順心的事情，我就立刻出發旅行去。

不用遠行，
只在附近旅館住個兩天一夜。

就這樣，
從日常生活超脫出來觀照自己，
然後我會給自己寫信。

只要這麼做，瞧……心情輕鬆多了。

【客愁】旅行中引發的深刻思考。

洒洒落落

しゃしゃらくらく／瀟瀟灑灑

彼の新車を借りて友達と
ドライブに行った帰り……

細い路地に迷い込んで、
ピカピカのボディに
擦り傷を作ってしまった。

泣きそうになりながら彼に電話したら、
彼はすぐに飛んできて、
私を「コラッ！」と叱った後、
車にバンドエイドを貼って、
ニッコリと笑った。

私は彼のそんな優しさが大好きだ……。

我借了男友的新車，
跟朋友去兜風……

結果在狹窄小徑迷路，
不小心刮傷了閃閃發亮的車體。

急得想哭的我打電話給男友，
他立刻飛奔而來。
「妳喔！」對我喝斥後，
只是在刮傷處貼上OK繃，
便又笑嘻嘻了。

我最喜歡他這種溫柔了……。

【洒洒落落】個性灑脫豪爽，不拘小節。

忘れ種

わすれぐさ

／

忘憂草

失恋した親友を慰めるため、
女二人で贅沢三昧の旅に出た。

旅館のいちばんいい部屋をとって、
おいしいものを食べて……
でも、ふとした拍子に彼女の瞳が曇る。

夜、二人で露天風呂に行ったら、
きれいな月が出ていた。

大きな満月を見ていたら、自分たちが
ちっぽけな存在に思えてきて……。

彼女は少しだけ元気になった。

為了安慰失戀的好友，
兩個女生去了一趟豪華之旅。

住旅館最好的房間、
吃好吃的食物……
不過，偶爾她的眼神仍會掠過一抹陰影。

晚上，兩人泡在露天浴池，
美麗的月亮正巧升起。

望著偌大滿月，不禁自思：
「我們真渺小呀……。」

身旁的她似乎也稍微恢復了元氣。

【忘れ種】讓人忘卻或驅散憂慮的事物。

滝枕
たきまくら
／
涙枕

金木犀の季節に、彼は交通事故で
突然逝ってしまった。

あれから数年が過ぎたけれど、
彼は今も私の心の中にいて、
いつも私を励ましてくれる。

そんな彼が、ゆうべ、
久しぶりに夢に出てきて、
朝起きたら、枕がびっしょり濡れていた。
窓を開けたら、金木犀の香りがした。

桂花飄香的季節，
男友因交通意外突然過世。

那之後已經過了許多年，
他仍在我心中，
鼓勵著我。

久違的他，
昨晚難得出現在夢裡，
早上起床，枕頭濕了一片。
推開窗，又飄來桂花香。

【滝枕】意指淚如泉湧、沾濕睡枕。

喃喃

なんなん

／

喃喃

久しぶりに早起きして、
公園を散歩していたら……

突然、変な犬に吠えられたので、
私は飼い主の若い男を睨みつけてやった。

でも、彼が呼んだ犬の名前が
私のアダナと偶然一緒で、
なんとなく、立ち話が始まった。

私は何かの始まりを予感した。

難得早起，
到公園散步……

突然有隻怪狗對我狂吠，
我斜眼瞪視那個年輕飼主。

沒想到他呼喚那隻狗的名字，
正巧和我的綽號一樣，
不知不覺間兩人就聊起天來。

我有種即將要開始些什麼的預感。

【喃喃】自言自語碎碎念的樣子。
轉意為男女拋開芥蒂、輕聲愉悅地交談。

心掟 こころおきて／固執

デートの途中、昔の彼とバッタリ出会った。


「さっきのは誰？」

と今の彼に尋ねられた私は、
表情一つ変えずに、

「母のいとこの息子なの」

と答えた。


嫉妬深い彼は、ちょっと安心したみたい。

恋には嘘も必要だ、と私は思っている。

約會途中，和前男友正巧遇上。

現任的男友質問：

「剛才那是誰？」

我不動聲色地回答：

「他是母親那邊親戚的兒子。」

善妒的他，看起來似乎稍稍放心了。

我相信戀愛也是需要謊言的。

【心捉】心中根深蒂固的堅持。

番い（つがい）／絕配

彼の家に泊まったとき、
私には密かな楽しみがある。
それは……彼のシャンプーを
こっそり使うことだ。

彼の家を出た後も、
なんとなく彼が近くにいるようで……。

そして昨日は、ドラッグストアの棚に、
彼と私のシャンプーが
偶然並んでいるのを見つけた。

なんとなく、嬉しかった。

留宿他家時，
我有一個秘密樂趣。

那就是……
偷偷使用他的洗髮精。

即使從他家離開，
彷彿他若有似無地就在身邊……。

就在昨天，發現藥妝店的商品架，
他和我的洗髮精恰巧並列。

總覺得好開心喔。

【番い】描述兩者配成一對。

邂逅（かいこう）／偶遇

原宿駅前の歩道橋……。
昔付き合っていた彼とデートするとき、
私はいつもここで待ち合わせをした。

なんとなく懐かしくて、
久しぶりに渡ってみたら……

偶然にも反対側から、
彼が子供の手をひいて歩いてきた。

懐かしさと切なさで、
表参道が滲んで見えた。

原宿車站前的天橋……。
以前和男友約會，
總是跟他約在這裡碰頭。

不知怎麼突然倍感懷念，
隔了許久再度走上天橋……

碰巧見他從天橋的另一端，
牽著孩子的手走來。

原宿表參道的街頭，
忽然飄盪著懷念又淒苦的氣息。

【邂逅】出乎意料的偶遇。

阿伽陀 あかだ／萬靈丹

熱を出して寝込んでいたら、
彼から電話がかかってきた。

「大丈夫？何か欲しいものある？」
受話器の向こうから
彼の優しい声が聞こえた。

「ううん、なんにも」
「遠慮しなくていいよ」

「本当に大丈夫。ずいぶん、
よくなったみたい……」

彼の声は、私の阿伽陀……。

我發燒昏睡時，
他打電話來關心。

「還好嗎？有沒有想要什麼東西？」
電話那頭傳來他溫柔的聲音。

「沒有，都不想」
「不用跟我客氣喔」

「真的沒事。
感覺已經好很多了……」

他的聲音，就是我的萬靈丹……。

【阿伽陀】醫治百病的仙丹。

搖蕩う たゆたう／心旌搖蕩

私の彼には……家族がある。
夏休みと冬休みとクリスマスとお正月……
私はひとりぼっちにされる。

私の恋愛に共感してくれる友人は
少ないけど、
私は彼のことが好きなんだから
仕方がないと思っている。

恋愛の苦しみが、生きていることの証。

ま、これも人生……。

我的男友……已經有家庭了。

暑假、寒假、聖誕節和跨年……

我總是被迫孤零零一人度過。

雖然朋友幾乎沒人同情我這段戀情，

但我就是好喜歡那個人，

這也沒辦法。

為愛吃苦，正是我活著的證明。

無所謂，這也是人生……。

【揺蕩う】難以下定決心，心思游移不定。

垂り雪

しずりゆき

／

落雪

クリスマス・イブの夜、
私は彼と雪山のコテージにいた。

パチパチと燃える暖炉の火を見ていたら、
外で不審な物音がした。
恐る恐る窓を開けると……

風に揺すられて、雪を落とした
大きなもみの木があった。

私たちは、メリークリスマスのキスをした。

聖誕夜，我和他在雪山的小木屋。

看著暖爐熊熊燃燒的火焰，
外頭傳來詭異的聲響。
懷著恐懼打開窗戶……

原來聲音發自一棵巨大杉樹，
樹枝上的雪塊被風搖晃吹落。

我們彼此相吻，祝福對方聖誕快樂。

【垂り雪】從屋頂或樹枝上落下的雪。

帰趨 きすう／歸宿

去年の暮れ、５年間付き合っても
煮えきらない彼と別れた。

ひとりぼっちのお正月……。

カレンダーに書き込んでいた
予定はすべて撤回。

届いたばかりの年賀状を見ていたら、
別れる前に彼が書いた年賀状が混じっていた。

「今年こそは、ちゃんとプロポーズするから、
もうちょっとだけ、待っててね！」

彼の携帯、今、つながるだろうか……。

去年歲末，我和交往長達五年、
態度始終曖昧不明的男友分手了。

獨自一人的跨年……。

原本月曆上填滿的預定行程通通取消。

讀著剛送達的賀年卡，
裡頭混著他分手前寫給我的賀年卡。

「就在今年，我一定會正式地向妳求婚，
再一陣子就好，要等我喔！」

如今，不知道是否還能撥通他的手機……。

【帰趨】最終落腳的地方，指回到歸屬之地。

遠近 おちこち／今昔

近すぎて見えないものがある。

遠く離れているからこそ、
見えるものがある。

それは、時間にもあてはまる。

遠い未来と今……。

今の恋への不満は、将来振り返ったとき、
意外と幸せだったりする。

有太過靠近而看不清的東西。

也有相隔遙遠反而看清的東西。

這亦可適用在時間。

遙遠的未來和現在……。

現在對戀情的不滿，將來回首，

說不定反而是另一種幸福。

【遠近】未來和現在。

【後記】

日語是為戀愛而生的！

開始寫這本書的契機，真的全是偶然。

某天為了查一件事而翻起字典，突然「刹那」二字映入眼簾。雖然不時聽到這個詞，卻不甚了解確切的字意，對我而言很多詞都是這樣。然後當我明白「刹那」隱含有「覺察意識發生的那一瞬間」的意義，不禁想到，這不就在說「發現喜歡上某人的瞬間」嗎？下個瞬間，又一念頭閃過：

原來日語是為了戀愛而生的語言呀。

從那時開始，我逐字翻找文獻，一一列出這些富含典故的日文詞彙。再將這些詞以自己的方式詮釋，任憑想像馳騁，下筆寫出三十五篇小故事。

戀愛如果僅出於腦袋想像固然無聊，但在心中描繪一段現在進行式的戀情，卻是相當愉悅的。此時日文會成為你這過程裡最高級的香料。因為日文特有的優美聲調和文字裡隱含的微妙味道，可以點綴並且豐富戀愛的樣貌。

若能讓閱讀這本書的你，愛上日文，燃起寫封情書給某人的念頭……或許我的戰略就成功了！

小山薰堂

參考文獻

広辞苑（岩波書店）
大辞林（三省堂）
国語大辞典（小学館）

國家圖書館出版品預行編目（CIP）資料

戀愛日本古語／小山薰堂作 ; 方詠萱譯. -- 初版.--
臺北市 : 貓頭鷹出版 : 家庭傳媒城邦分公司
發行, 2011. 10
面； 公分

ISBN 978-986-262-049-6（精裝）

861.57 100016558